MW01107594

# Lili
# la vache

Mairi Mackinnon
Illustrations de Fred Blunt

Éditions
■SCHOLASTIC

# Comment utiliser ce livre?

Cette histoire a été écrite pour que
vous la lisiez avec votre enfant.
Vous lisez chacun votre tour :

**Vous lisez ces mots.**

Lili, la reine des bêtises,
veut voir du pays.

— C'est un peu triste ici. »

Avec une grosse auto,
je pourrais aller vite et loin.

4

5

**Votre enfant lit ces mots.**

À la fin du livre, aux pages 30 et 31,
quelques conseils vous aideront à guider
votre enfant dans l'apprentissage de la
lecture.

# Lili
# la vache

Tournez la page et commencez
à lire l'histoire.

Lili, la reine des bêtises,
veut voir du pays.

— C'est un peu triste ici.

Avec une grosse auto, je pourrais aller vite et loin.

7

Lili, la vache rapide comme l'éclair, roule vers la ville.

# À gauche! À droite!
# Là-haut! Là-bas!

Lili, la vache rapide comme l'éclair, casse tout sur son passage.

13

Lili a une autre idée du tonnerre.

Je vole dans le ciel et les nuages!

Regardez-moi,
je fais des
boucles!

17

Attention, la terre se rapproche!

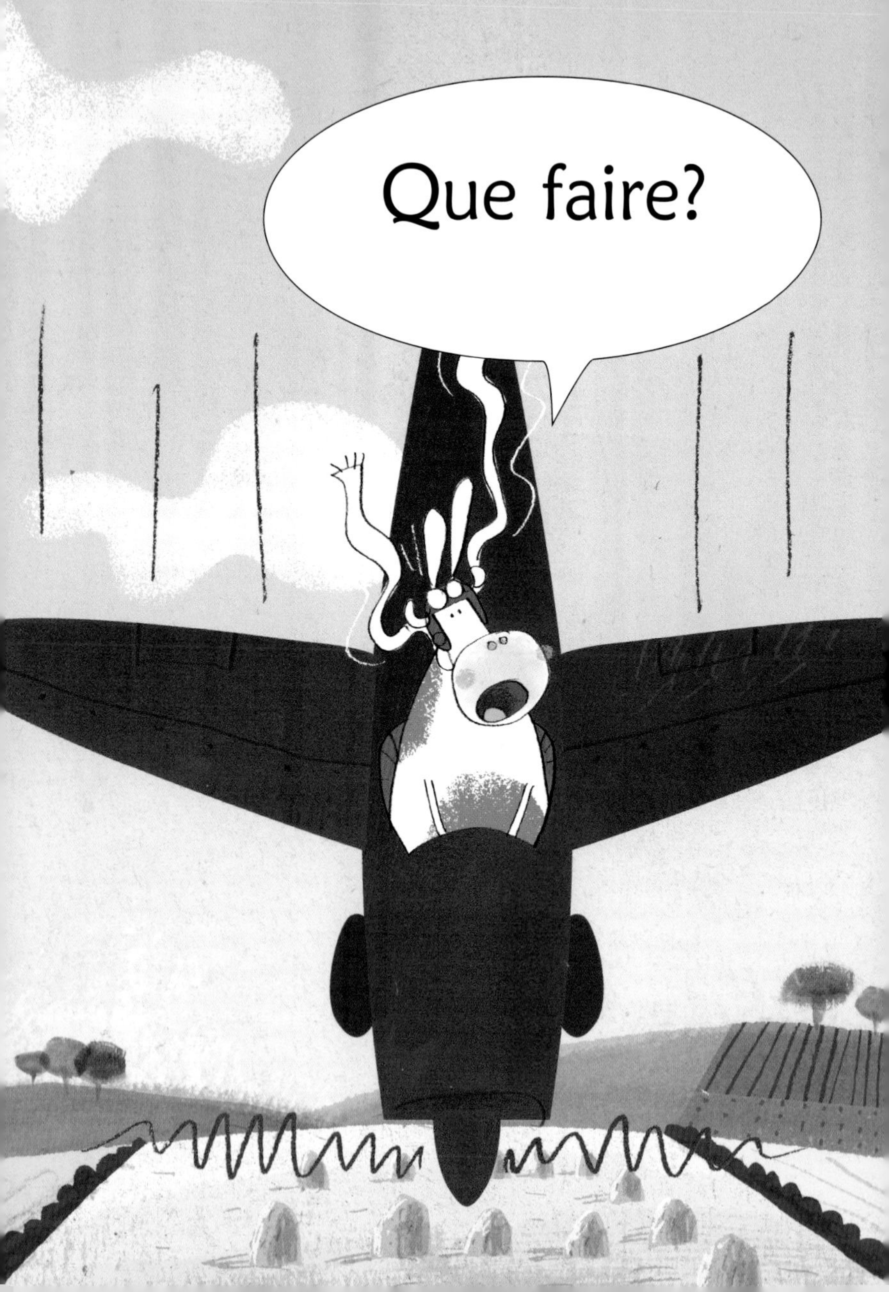

21

Finalement, la vie à la ferme,
ce n'est pas si mal.

# LES JEUX
## Histoire en images

Regardez les images ensemble et essayez de raconter l'histoire.

1.

2.

3.

Que pourraient dire les autres animaux
à Lili quand elle est de retour à la ferme?

## Logique

Choisis le bon mot pour compléter chaque phrase.

1.

Là-haut...

| en bas | un bas | là-bas |

2.

Elle va se faire...

| mal | bal | sale |

**3.**

Je vole dans le...

| miel | ciel | soleil |

**4.**

Ça va mal finir, j'en suis...

| pur | mûre | sûr |

# Vrai ou faux

1.

Lili a une grosse
auto rouge.

2.

L'auto est
sur la route.

3.

Lili fait des
boucles.

4.

Lili est dans
le ciel.

# Solutions

## Histoire en images

Ce jeu permet de vérifier si votre enfant a bien compris l'histoire. L'enfant fait aussi travailler son imagination en cherchant ce que les animaux pourraient raconter. Si votre enfant hésite, essayez de lui poser quelques questions pour le guider : « Qu'est-ce que c'est? Que font-ils? ».

## Logique

1. Là-haut, <u>là-bas.</u>
2. Elle va se faire <u>mal.</u>
3. Je vole dans le <u>ciel.</u>
4. Ça va mal finir, j'en suis <u>sûr!</u>

## Vrai ou faux

1. Vrai
2. Faux
3. Vrai
4. Faux

# Conseils pour la lecture

**Mon premier petit poisson** est une collection spécialement mise au point pour les enfants qui apprennent à lire. Votre enfant et vous-même lisez à tour de rôle. Cette approche permet à l'enfant de renforcer ses connaissances en lecture et l'amène à lire de façon autonome. Dans *Lili la vache*, on trouve les combinaisons de lettres suivantes :

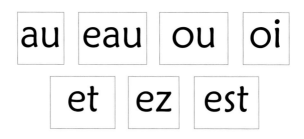

Il est important que votre enfant reconnaisse ces combinaisons de lettres et les sons auxquels elles correspondent. Il ne doit pas simplement lire les lettres individuellement.

# Quelques questions et réponses

## Pourquoi est-il nécessaire de lire avec son enfant?

Partager les histoires et lire à tour de rôle est un moment agréable pour l'enfant. Votre présence l'aide à gagner confiance en lui et l'encourage à persévérer. De plus, une histoire en peu de mots saura stimuler son intérêt.

## Quel est le meilleur moment pour la lecture?

Choisissez un moment où vous êtes tous les deux détendus et où vous ne risquez pas d'être dérangés, afin de créer une ambiance propice à l'apprentissage. Cessez la lecture lorsque votre enfant perd de l'intérêt. Vous pourrez toujours la reprendre ultérieurement.

## Que faire si mon enfant bute sur certains mots?

Encouragez votre enfant, essayez de trouver la solution ensemble. Si votre enfant fait une erreur, retournez en arrière et identifiez le bon mot ensemble. N'oubliez pas de féliciter souvent votre enfant.

## Nous avons terminé. Que faire à présent?

Vous pouvez faire lire l'histoire plusieurs fois à votre enfant pour l'aider à assimiler et lui donner de plus en plus confiance en lui. Puis, quand votre enfant est prêt, vous pouvez passer à une autre histoire, selon son niveau.

Conception graphique de Russel Punter

Catalogage avant publication de Bibliothèque et Archives Canada

Mackinnon, Mairi

Lili la vache / Mairi Mackinnon ; illustrations de Fred Blunt ;
texte français des Éditions Scholastic.

(Mon premier petit poisson)
Traduction de: Stop that cow!
Niveau d'intérêt selon l'âge: Pour les 4-7 ans.

ISBN 978-1-4431-0695-5

1. Vaches--Romans, nouvelles, etc. pour la jeunesse.
I. Blunt, Fred II. Titre. III. Collection: Mon premier petit poisson.

PZ26.3.M2625Li 2011      j823'.92      C2010-905782-1

Édition publiée par les Éditions Scholastic,
604, rue King Ouest, Toronto (Ontario)  M5V 1E1,
avec la permission d'Usborne Publishing Ltd.

5 4 3 2 1      Imprimé à Singapour  46      11 12 13 14 15

## Dans la collection
## MON PREMIER PETIT POISSON

En avant
la musique!

Lili la vache

## Dans la collection
## PETIT POISSON DEVIENDRA GRAND

### NIVEAU 1

La sauterelle et la fourmi

La vieille dame dans une chaussure

Le corbeau et le renard

Le dragon et le phénix

Le petit pingouin frileux

Le poisson magique

Pourquoi les éléphants ont-ils perdu leurs ailes?